Der Hexengeburtstag

und andere Vorlesegeschichten

MIX
Papier aus verantwortungsvollen Quellen
FSC® C002795

Originalausgabe

Cover und Serienbilder: Akkord Film Produktion GmbH, Berlin
Umschlag-, Innengestaltung und Satz: Thomas Krämer
Gesetzt aus der Chaparral Pro
Druck und Einband: Livonia Print, Riga

Unter Verwendung der Bilder aus der Fernsehproduktion »Petronella Apfelmus – Die Serie«
Seriendesign © by Akkord Film Produktion GmbH nach den Büchern von Sabine Städing,
illustriert von SaBine Büchner
Eine Akkord Film Produktion in Koproduktion mit SERU und ZDF

Printed in Latvia
ISBN 978-3-414-82581-0

5 4 3 2

Sie finden uns im Internet unter www.luebbe.de

Petronella Apfelmus®

Der Hexengeburtstag

und andere Vorlesegeschichten

Nacherzählt von Diana Steinbrede

Nach den Drehbüchern von

John Chambers, Heike Sperling und Jan Strathmann

Basierend auf der Buchreihe »Petronella Apfelmus« von Sabine Städing

(Illustrationen SaBine Büchner)

Boje

Inhalt

Der Hexengeburtstag 6

Das Überraschungs-Picknick 30

Papa ist geschrumpft 56

Der Hexengeburtstag

Es ist schönstes Sommerwetter, und im Garten von Petronella Apfelmus könnte die Stimmung nicht besser sein. Gerade kommen Lea und Luis Kuchenbrand mit großen Schritten aus Richtung des Müllerhauses. Sie sind auf dem Weg zum Apfelbaum, in dem ihre Hexenfreundin Petronella wohnt.

„Heeee!", knarzt da eine grimmige Stimme unten im Gras. Sie gehört Dornwald Prächtig, dem es gar nicht gefällt, dass Lea ihn um ein Haar plattgetreten hätte. Schnell macht der Waldschrat einen unfreiwilligen Hüpfer zur Seite, um sich in Sicherheit zu bringen.

„Ups!", ruft Lea und kichert. „Entschuldigung, Dornwald! Alles okay?" Sie hält ein hübsch verpacktes kleines Geschenk in der Hand und strahlt über das ganze Gesicht.

„Gar nichts ist okay", murrt Dornwald, „am schlimmsten Tag des Jahres."

„Komm doch einfach mit“, sagt Luis, der neben Lea in die Hocke gegangen ist. „Das Fest bei Petronella wird bestimmt superlustig!“

Dornwald schüttelt sich. „Genau das befürchte ich. Dabei mag ich kein Gelächter und auch keinen Gesang. Ich will nichts hören, verstanden?“ Mit diesen Worten dreht er sich um und schlurft missmutig in Richtung Finsterhecke davon.

Die Kinder kennen die schlechte Laune des Schrats schon und zucken mit den Schultern. Dann rennen sie eilig weiter zum Apfelhaus, denn dort erwartet Petronella sie bereits. Als die kleine Hexe oben im Baum die Tür zu ihrem Häuschen aufreißt, schallen Gelächter und lauter Gesang nach draußen.

Kurz darauf fällt die magische Strickleiter nach unten, und rasch klettern Lea und Luis hinauf. Mit jeder Sprosse werden sie kleiner und kleiner.

„Willkommen im nächsten Hexenjahr!“, begrüßt Petronella ihre Menschenfreunde vergnügt.

„RUUUHEEEE!“, tönt Dornwalds wütende Stimme herauf.

Schnell zieht Petronella ihre Freunde ins Innere des Apfelhauses, und die Zwillinge staunen nicht schlecht, als sie sich umschauen. Anscheinend ist der Hexengeburtstag schon in vollem Gange.

Raupe Amanda, Maus Hilda und Apfelmännchen Gurkenhut sind schon da und tanzen lustig herum. Bunte Bonbonmurmeln fliegen durch die Luft. Sie scheinen lecker zu sein, denn Amanda, Hilda und Gurkenhut springen ihnen hinterher und stopfen sie sich in den Mund. Prompt wiehert Amanda wie ein Pferd, Hilda bellt und das Apfelmännchen singt in schönstem Kauderwelsch: „Muz gatstrubeg leiv Kcülg ..."

Lea und Luis müssen lachen.

„Die Melodie kenne ich!", ruft Lea und beginnt zu singen: „Zum Geburtstag viel Glück!" Die anderen fallen wiehernd, bellend und kauderwelschend ein. Jetzt verstehen sie: Gurkenhut hat das Lied rückwärts gesungen.

Geburtstagskind Petronella verbeugt sich hingerissen und zaubert noch weitere Murmeln in die Luft, die sich nun Lea und Luis schnappen.

„Hm, schmeckt nach Zimt!", sagt Luis mit piepsig-heller Stimme. Er klingt so, als hätte er einen großen Schwall Lachgas eingeatmet.

„Und meine nach Himbeere", lacht Lea, deren Stimme auf einmal in einen tiefen Bass abgesackt ist.

Dann überreichen sie Petronella feierlich ihr Geschenk. „Herzlichen Glückwunsch zum Geburtstag!"

Petronella reißt das Päckchen sofort auf, und ihre Augen werden groß, als ein hübsches Medaillon mit einem Foto der Zwillinge zum Vorschein kommt. Gerührt drückt sie es an ihr Herz.

„Danke, meine Lieben!“

Lea und Luis strahlen, und Petronella wischt sich heimlich eine kleine Träne aus dem Auge, die vor lauter Rührung über das schöne Geschenk herunterkullern will. Dann grinst sie und klatscht unternehmungslustig in die Hände.

„Und nun, da wir vollzählig sind, ist es Zeit für das erste Spiel!“

Draußen klatscht Petronella erneut in die Hände. „Alle herhören!“, ruft sie laut. „Wir bilden zwei Mannschaften!“

Lea und Luis flitzen sofort zu ihr, also bilden Hilda, Gurkenhut und Amanda das andere Team. Die Gruppen verteilen sich auf zwei gegenüberliegenden Ästen im Apfelbaum. Hirschkäfer Lucius fliegt in die Mitte, er gibt den Schiedsrichter.

Die Apfelhexe schaut auf die Schäfchenwolke, die gerade genau über ihren Köpfen schwebt. Die kann sie für das Spiel,

das jetzt beginnen soll, bestens gebrauchen. Dann zückt Petronella ihren Zauberstab und zaubert – „Hex Höx!“ – rechts und links neben der Wolke zwei weiße Linien in die Luft. Sie nickt zufrieden. „Und jetzt zu euch, meine Freunde!“, sagt die kleine Hexe fröhlich und lässt ihren Zauberstab über allen Mitspielern kreisen.

„Lirum larum Apfelrinde,
pusten könnt ihr starke Winde.
Hex Höx!“

Schiedsrichter Lucius gibt das Startsignal, und sofort fangen alle an, aus Leibeskräften zu pusten, um die Wolke über die gegnerische Linie zu bewegen. Die Luft flirrt und saust geradezu von dem magischen Wind, der hier in den Himmel strömt!

Ein heftiger Wettkampf entbrennt, bei dem Maus Hilda, die sich so voller Luft gepumpt hat, dass sie sich nicht mehr auf dem Ast halten kann, auf einmal hoch in die Luft

geschleudert wird. Zum Glück kann Petronella sie mit einem Zauberspruch retten, indem sie eine kleine Wolke zaubert, auf der Hilda sanft bis hinunter ins Gras segelt.

Die Freunde fliegen ebenfalls schnell nach unten und sind froh, dass es ihrer Freundin gut geht. Bevor sie jedoch für eine zweite Spielrunde wieder auf die Äste steigen können, hören sie plötzlich eine energische Stimme aus dem Baum: „Petronella Apfelmus!" Die Apfelhexe fährt erschrocken herum. Oben auf dem Ast vor ihrem Apfelhaus steht eine große und recht düster aussehende Hexe und hämmert gegen die Tür.

„Oberhexe Pestilla …", murmelt Petronella überrascht, während Lucius sich geistesgegenwärtig vor die Zwillinge stellt. Mit ausgebreiteten Flügeln schirmt er die Kinder ab, als Pestilla nach unten zur Geburtstagsgesellschaft schaut.

„Versteckt euch", flüstert er.

„Warum?", fragen die Zwillinge verdutzt.

„Na, wenn Pestilla euch sieht, ist die Party vorbei."

Petronella seufzt. „Menschen sind bei Hexenfeiern streng verboten."

Rasch schiebt Lucius die Zwillinge hinter ein großes Blatt, das auf den Boden gefallen ist. Die anderen stellen sich schützend davor, während Pestilla mit ihrem Hexenbesen vom Baum herabgleitet und vor ihnen landet.

„Pestilla! Du bist ja noch nie zu meinem Geburtstag gekommen", wundert sich Petronella.

„Natürlich nicht." Die Oberhexe steigt umständlich vom Besen und wirft einen missbilligenden Blick auf die Geburtstagstafel. Die hübsch gestreiften Äpfel, die den Tisch schmücken, scheinen ihr besonders aufzufallen. „Ich komme ja noch nicht einmal zu meinem eigenen Geburtstag", sagt sie kurz angebunden. „Aber man soll seine Gewohnheiten zwischendurch ändern – das hält jung!" Die Hexe lacht keckernd, was ein

wenig unangenehm klingt. „Nun denn, und wann gibt es den Kuchen?“ Tatenlos müssen Lea und Luis hinter dem Blatt zusehen, wie die Gäste sich zögernd an die Geburtstagstafel setzen. Nur ihre beiden Plätze bleiben frei.

„Ach Mann, ich hatte mich so auf den Kuchen und das Feiern gefreut“, murmelt Lea und lässt den Kopf hängen.

„Oberblöde Oberhexe!“, schimpft Luis leise. „Die verdirbt alles!“

An der Geburtstagstafel möchte Petronella, die immer wieder verstohlen zu dem Blatt hinüberschielt, gerade die Torte anschneiden. Gurkenhut, Amanda und Hilda schauen seufzend auf die beiden leeren Teller – die nun auch Pestilla auffallen.

„Für wen sind diese beiden Plätze?“, will sie wissen und sieht Lucius scharf an.

„Ähm … die sind, ähm …“ Der Hirschkäfer schaut hilfesuchend zu Petronella.

Das Gesicht der Apfelhexe beginnt zu leuchten. „Für Karottenwams und Rübenbach!“, verkündet sie dann munter.

Ihre Freunde schauen sie verwirrt an.

„Moment, ich hol’ sie! Komm mit, Gurkenhut!“, schauspielert die Apfelhexe mehr schlecht als recht und eilt davon. Gurkenhut kratzt sich ratlos am Kopf, folgt ihr aber.

„Die beiden … äh … haben Apfelschorf“, erklärt Maus Hilda der Oberhexe etwas verunsichert. „Aber vielleicht geht es ihnen jetzt schon wieder besser.“

Raupe Amanda dagegen hat die Situation besser im Griff. Vertraulich beugt sie sich hinüber zur Oberhexe und nimmt einen Apfel von der Geburtstagstafel in die Hand. „Soll ja sehr ansteckend sein. Hoffentlich werden die schönen Äpfel nicht krank …", sagt sie betont nachdenklich.

Kurz darauf kommt Petronella in Begleitung aller drei Apfelmännchen zurück. Ihre Augen leuchten fröhlich, und sie schiebt sich noch schnell den Zauberstab in die Tasche. Doch irgendetwas stimmt da nicht …

Hilda mustert Gurkenhut, der immer wieder nervöse Seitenblicke auf seine beiden Freunde wirft. Dabei sitzt Rübenbachs Mütze wie immer und Karottenwams' Weste ist auch zugeknöpft, es scheint also alles normal zu sein … Aber nein, irgendwie laufen die beiden Apfelmännchen seltsam … Die Maus lässt den Blick nach unten wandern – und reißt die Augen auf. Karottenwams und Rübenbach tragen Leas und Luis' Turnschuhe! Sofort wird ihr klar: Petronella hat die Zwillinge in Apfelmännchen verwandelt, damit sie auch an der Feier teilnehmen können!

So unauffällig wie möglich deutet Hilda auf die Schuhe. Karottenwams-Lea und Rübenbach-Luis schauen erschrocken an sich hinunter, streifen schnell die Schuhe ab und werfen sie hinter sich. Das ist gerade noch mal gut gegangen!

„Da sind wir!“, verkündet Petronella, als die kleine Gruppe die Geburtstagstafel erreicht hat.

Amanda dreht sich um. „Oh, seid ihr wieder gesund? *Ganz und gar?*“, fragt sie erstaunt, als sie die beiden Apfelmännchen entdeckt, die doch eigentlich krank zu Hause in ihren Betten liegen sollen.

„Äh ... ja, es geht uns viel besser“, sagt Karottenwams-Lea zögerlich – aber oje, sie hat Leas Stimme.

Amanda schaut fragend zu Hilda hinüber. Als die Maus unmerklich nickt, begreift die Raupe, was vor sich geht. Auch Lucius versteht endlich, was hier gespielt wird und unterdrückt mühsam ein Kichern.

Pestilla ist derweil schon ganz ungeduldig geworden. „Dann können wir ja jetzt *endlich* anfangen. Ach nein, erst noch dieser lästige Geburtstagsbrauch ...“ Aus ihrem Rock zieht sie eine milchige Kugel hervor. „Äh ... wie sagt man? Herzlichen Glückwunsch zum Geburtstag.“

„Ist das etwa eine Wunschkugel?“, ruft Petronella aufgeregt.

Pestilla nickt stolz. „Diese Kugel erfüllt dir *einen* Wunsch, egal welchen. Aber nur einen einzigen. Wir wollen ja nicht übertreiben.“

Die anderen Geburtstagsgäste staunen.

„Wünsch dir einen großen Sack Nüsse!“, schlägt Hilda vor.

„Nein, Marzipan!“, meint Amanda eifrig.

„Also, ich wäre für einen neuen Hut!“, sagt Gurkenhut.

„Ein ferngesteuertes Auto – mit Vierradantrieb und Anhänger, das wär's!“, sagt Rübenbach-Luis.

Alle schauen ihn an. Der Apfelmann-Junge grinst verlegen. Das klang wohl ein bisschen zu sehr nach Luis. Und das ist anscheinend auch Pestilla aufgefallen, denn sie beugt sich vor und schaut Rübenbach so durchdringend an, dass er nervös hin und her rutscht.

„Ich kann mich gar nicht entscheiden!“, wirft Petronella rasch ein. „Am besten hebe ich mir die Kugel noch ein wenig auf. Vielen Dank für das tolle Geschenk, Pestilla. Und jetzt erkläre ich die Geburtstagstafel für eröffnet. Greift zu, rapp zapp!“

Die Apfelhexe schwingt den Zauberstab. Prompt teilt die Torte sich ganz von alleine und beginnt sich zu drehen. Wenn die Gäste ein Stück nehmen wollen, müssen sie schnell sein! Auch die bunten Äpfel schweben fröhlich umher und weichen aus, sobald jemand nach ihnen greift. Amanda, Hilda, Petronella, Gurkenhut, Lucius und die Apfelmännchen-Zwillinge lachen und kreischen vor Vergnügen bei der Essensjagd.

Nur hin und wieder stört das grimmige Grunzen Dornwalds, das aus der Hecke zu ihnen herübertönt, die ausgelassene Feier.

Und noch jemand scheint nicht besonders viel Spaß zu haben. Pestilla sitzt stocksteif da und sieht alles andere als vergnügt aus.

Ein Apfel hüpft vor ihr auf und ab, doch als die Oberhexe ihn packen will, springt er ihr vor die Brust, sodass sie samt Stuhl hintenüberkippt.

In hohem Bogen fliegt Pestilla der Hut vom Kopf. Wutschnaubend rappelt sie sich auf.

„Schluss mit dem Schabernack, Petronella!“

Die anderen halten inne, während Pestilla ihren Zauberstab zückt und über der Tafel kreisen lässt.

„Schluss jetzt mit dem Firlefanz,
kein Apfel schwebt,
kein Affentanz!“

Augenblicklich herrscht Ruhe auf der Festtafel. Pestilla setzt sich, atmet auf und nimmt sich ein Stück Torte. „Das hier ist doch kein Kindergeburtstag!“

Die anderen setzen sich ebenfalls ganz gerade hin und beginnen, stumm und brav ihren Kuchen zu essen.

Die Stille, die plötzlich über der Geburtstagsgesellschaft liegt, fällt sogar Dornwald auf. Er steckt den Kopf aus seinem Kobel und seufzt: „Aaahh, endlich Ruhe!“

Zufrieden ihren Kuchen mampfend, beginnt Pestilla ausschweifend zu erzählen. Alle anderen schweigen.

Hilda gähnt, und Rübenbach-Luis und Karottenwams-Lea stochern lustlos in ihrer Torte herum.

Petronella bemüht sich, der Oberhexe zuzuhören, doch ihr fallen vor Langeweile immer wieder die Augen zu.

Es ist wirklich ein Jammer. Seit Tagen hatten die Freunde sich auf ein ausgelassenes Fest gefreut, aber Pestilla ist eine echte Spielverderberin.

„Die übrigen Krötenbeine kannst du dir an deinen Zauberhut stecken“, erklärt Pestilla gerade lachend, nachdem sie sich lang und breit über ein neues Zaubertrankrezept ausgelassen hat, und greift sich an den Kopf. Erst da bemerkt sie, dass sie ihren Hut gar nicht aufhat. Irritiert sieht sie sich um – und entdeckt, dass ihr Hexenhut ins Gras gerollt ist. Die Oberhexe springt auf und stülpt sich den Hut wieder auf den Kopf, doch auf einmal stutzt sie. „Was ist denn das?“, ruft sie angewidert und hält die Schuhe der Zwillinge in die Höhe. „Sind die etwa von den kleinen Menschenkröten?“

Die anderen fahren herum. Beim Anblick der Turnschuhe werden Karottenwams-Lea und Rübenbach-Luis blass.

Doch Petronella springt rasch ein. „Tja, so sind Kinder! Lassen immer alles überall liegen. Das ist wirklich die Höhe!“

Aber so einfach lässt sich Pestilla nicht beruhigen. Jetzt blinzelt sie listig und stellt fest: „Genau dafür gibt es ja den Aufräumzauber. Der schickt alles zurück an seinen Platz."

Jetzt wird Petronella nervös. „Natürlich, aber ... die Schuhe stören ja nicht." Doch Pestilla hat schon ihren Zauberstab erhoben. „Auf Hexenfeiern stört *alles*, was zu Menschen gehört", erklärt sie. Und schon hext sie los:

„Schuhe, fliegt mit Hexengrüßen
schnell zu euren Krötenfüßen!"

Und sofort – schwupps! – gleiten die Schuhe durchs Gras, geradewegs auf Karottenwams-Lea und Rübenbach-Luis zu. Hilflos ziehen die Kinder ihre Füße ein und schauen panisch auf die heransausenden Schuhe. Gleich wird der ganze Schwindel auffliegen – und das hier war vielleicht der allerletzte Hexengeburtstag ihres Lebens!

Doch Petronella richtet unauffällig ihren Zauberstab auf die Schuhe und brabbelt leise vor sich hin. Die Schuhe geraten ins Schlingern, kommen vom Kurs ab und sausen wieder zu Pestilla zurück. Puh, Glück gehabt!

„Weg da, husch, husch!", ruft die Oberhexe und weicht ihnen mit angeekelter Miene aus. Dabei gerät sie ins Stolpern und landet auf dem Boden. Petronella packt die heranflitzenden Schuhe an den Schnürsenkeln und hält sie in die Höhe.

„Ich hab sie, alles in Ordnung!"

Pestilla schnaubt und steht mühsam auf. „Menschendinge rauben mir die Hexenkraft. Ich gehe wohl besser. Höchste Zeit, dass ich mich ein wenig ausruhe."

Petronella nickt eifrig. „Ja, Menschen sind wirklich unberechenbar. Man weiß nie, ob ein Zauber wirkt, oder wie lange …"

„Was ist das?", fällt Pestilla ihr ins Wort.

Und plötzlich sehen alle, dass Karottenwams-Lea und Rübenbach-Luis Haare bekommen. Die Zwillinge verwandeln sich zurück!

„Das ist … eine Verkleidung", stammelt Petronella. „Das machen wir immer so am Geburtstag."

Doch schon springen ihr die widerspenstigen Turnschuhe aus der Hand und Lea und Luis an die Füße. Drohend nähert Pestilla sich den beiden Kindern, die vor ihrem strengen Blick ängstlich zurückweichen. Petronella überlegt fieberhaft, da fällt ihr die Wunschkugel ins Auge, die noch immer auf der Geburtstagstafel liegt. Sie beugt sich darüber und flüstert eilig etwas hinein.

Wie erstarrt stehen Lea und Luis vor Pestilla, nun wieder ganz zurückverwandelt. Doch zur allgemeinen Überraschung gibt es kein Donnerwetter. Nein, die Oberhexe drückt die Kinder liebevoll an ihre Brust.

„Wie schön, dass ihr zwei auch da seid! Ich wollte schon immer mal ein Fest mit euch feiern."

Die Zwillinge schauen sich verwirrt an. Auch Hilda, Amanda, Lucius und Gurkenhut trauen ihren Ohren kaum.

„Los, ich will unbedingt was spielen!“, fährt Pestilla fort. „Darf ich in eurer Mannschaft sein?“

Petronella strahlt.

„Was hast du mit ihr gemacht?“, flüstert Lucius ihr zu.

„Gar nichts. Ich habe mir einfach nur gewünscht, mit allen zusammen Geburtstag zu feiern.“

Während Pestilla ausgelassen kreischend und mit roten Wangen von den anderen um die Festtafel gejagt wird, kommen auch Karottenwams und Rübenbach dazu. „Der Apfelschorf ist verschwunden, ganz plötzlich! Wir wollen mitmachen!“, rufen sie ausgelassen.

Und sogar Dornwald kriecht auf einmal aus der Finsterhecke hervor. „Ich auch“, knurrt er grantig.

Und zur Überraschung der Gartenbewohner erklärt er: „Wisst ihr, eigentlich liebe ich Geburtstage, je lauter, desto besser."

Und dann singen sie alle zusammen „Zum Geburtstag viel Glück" – vorwärts *und* rückwärts – und lassen eine glückliche Petronella hochleben.

Das Überraschungs-Picknick

Ein warmer Frühlingswind weht durch den Garten der Apfelhexe Petronella. Überall grünt und blüht es. Die Luft wirbelt an den gestreiften Apfelbäckchen hoch oben im Baum vorbei bis zum Müllerhaus. Dort stehen die Zwillinge Lea und Luis in der Küche und schauen zufrieden auf den köstlichen Blaubeerkuchen vor ihnen.

„Mama hat gesagt, wir sollen uns was Leckeres zu essen machen, während sie mit Papa spazieren geht. Hauptsache, es ist gesund", sagt Lea.

„Heidelbeeren *sind* gesund", erklärt Luis mit einem breiten Grinsen.

Lea grinst zurück. „Und lecker." Luis nimmt ein Messer und beginnt eifrig, den Kuchen in Stücke zu schneiden.

Dabei bemerken die Zwillinge nicht, wie ihre Mitschülerin Malina vor dem Küchenfenster auftaucht. Sie schleicht sich vorsichtig näher und spitzt die Ohren, um mitzubekommen, worüber Lea und Luis sprechen.

Luis ist gerade dabei, sich ein Stück des Kuchens zu schnappen, da hält seine Schwester ihn zurück.

„Warte! Ich hab eine coole Idee! Lass uns ein Picknick im Garten machen und jemand ganz Besonderen einladen. Dreimal darfst du raten, wen ich meine." Lea lächelt verschmitzt.

„Ähm ... wen denn?", überlegt Luis, der innegehalten hat. Allerdings sieht man ihm an, dass er sich den Kuchen am liebsten sofort in den Mund schieben würde.

„Na, jemand, den wir beide kennen."

Luis runzelt die Stirn.

„Jemand, der total witzig ist!", hilft Lea ihm auf die Sprünge.

Jetzt hat Luis kapiert. „Und jemand, der Erdbeerkuchen liebt! Ich weiß, wen du meinst." Das kann natürlich nur ihre Freundin, Apfelhexe Petronella, sein. Nun endlich will Luis genüsslich in sein Kuchenstück beißen, doch Lea schnappt es ihm vor der Nase weg.

„Gut! Aber dann lass ihr gefälligst auch noch was übrig. Das wird ein Überraschungspicknick, okay?“

„Okay!“, ertönt da eine Stimme vom Küchenfenster her, und die Zwillinge fahren herum. Doch es ist nichts zu sehen.

„Hast du das auch gehört?“, fragt Luis.

„Ja, schon“, wundert sich Lea. „Das war bestimmt nur das Echo“, meint sie dann. „Komm jetzt, wir packen die Sachen fürs Picknick und suchen uns die schönste Stelle im Garten aus!“ Sie verstaut den Erdbeerkuchen im Picknickkorb.
In ihrem Feuereifer bemerken die Zwillinge nicht, wie Malina geduckt vom Küchenfenster in Richtung Garten fortschleicht. Sie hat das ganze Gespräch mitgehört und ist fest davon überzeugt, dass Lea und Luis von ihr gesprochen haben! „Ich geh schon mal vor“, murmelt sie vergnügt vor sich hin.

In ihrem Apfelhaus übt Petronella gerade einen neuen Zauberspruch. Der will ihr allerdings nicht so ganz gelingen.

In der Küche herrscht bereits ein ziemliches Durcheinander. Hirschkäfer Lucius schaut misstrauisch zu, wie Petronella ihren Zauberstab nun auf einen Holzlöffel richtet, der aufrecht in einer Rührschüssel steht.

„Hixel, Pixel, Apfelschöffel, rühr den Teig und dreh den Löffel. Hex Höx!“, sagt Petronella energisch. Doch nichts passiert.

„HEX HÖX!“, wiederholt Petronella und klingt leicht verärgert. Plötzlich beginnt die Schüssel, sich zu drehen. Der Löffel dagegen rührt sich weiterhin nicht. Lucius runzelt die Stirn.

„Nicht die Schüssel, der Löffel!“ Petronellas Stimme klingt etwas schrill, und sie schwingt ihren Zauberstab heftiger. Auf einmal gerät das ganze Apfelhaus in Bewegung!

„Petronellaaaaaaaaaaa!“, kreischt Lucius, als sich der Apfel immer schneller und schneller dreht und der Käfer fast aus dem Gleichgewicht gerät.

„Oje“, jammert die Apfelhexe und schwingt noch einmal den Zauberstab. Die Schüssel rutscht über den Tisch, und Lucius kann sie gerade noch auffangen, bevor sie aus dem Fenster segelt. Nun bewegt sich das Apfelhaus nicht mehr, hängt dafür aber schief in der Luft.

„Uff", stöhnt Lucius. „Mir ist schlecht." Er blinzelt und sieht durch das Fenster, wie Malina durch den Garten stapft.

„Hä? Wer ist das denn?"

Petronella schaut ihm erschöpft über die Schulter.

„Verflixte Distel, das ist dieses furchtbare Malina-Kind. Die hat mir gerade noch gefehlt. Als hätte ich heute nicht genug andere Sorgen …" Verzweifelt schaut die Hexe zwischen Zauberstab und Rührschüssel hin und her.

Lucius schließt kurz die Augen, bis der Schwindel nachlässt. „Frag doch mal die Zwillinge, was sie hier will. Ich werde mich in der Zwischenzeit etwas hinlegen. Muss mich dringend erholen. *Rülps!*"

Er will sich schon aus dem Staub machen, da nimmt Petronella ihm freundlich lächelnd die Schüssel ab. „Ach was, mein Guter. Das können wir zwei auch selbst herausfinden. Ein schöner Flug an der frischen Luft wird dir guttun. Also, los geht's!"

Aufmunternd lächelt sie dem Käfer zu, und Lucius fügt sich stöhnend in sein Schicksal.

Währenddessen läuft Malina immer weiter in den Garten hinein. Dabei schaut sie die meiste Zeit auf ihr Handydisplay, denn sie ist ständig auf der Suche nach guten Fotomotiven.

„Was für eine nette Idee, dass Lea und Luis ein Überraschungspicknick für mich machen wollen! Und wie aufmerksam von mir, schon mal den Platz auszusuchen!" Sie kichert und macht ein paar Fotos. „Hm, dort ist es schön ... Oder nein, doch nicht. Zu viele Brennnesseln. Vielleicht da drüben?" Malina wischt ein Foto nach dem anderen zur Seite. „Nö. Zu grün. Zu schattig. Zu viele Käfer. Igitt." Sie macht noch ein paar Fotos und merkt nicht, dass Petronella und Lucius geradewegs auf sie

zufliegen. Lucius torkelt noch ein bisschen und versucht, den Drehwurm von seiner unfreiwilligen Fahrt im Apfelkarussell loszuwerden.

„Zu viele Käfer!“ Petronella hat genau gehört, was Malina eben gesagt hat, und schnaubt empört. „Was erwartest du denn in einem Garten? Lucius, du fliegst zu nah an dieses grässliche Mädchen heran, steig lieber etwas höher.“

„Glaub mir, ich versuche, nicht ...“ beginnt Lucius, als Malina sich plötzlich umdreht und das Handy direkt in ihre Richtung hält.

„Iiih! Ein Käfer. Ein ekeliger, fliegender Käfer!“, schreit sie auf und wedelt mit den Armen.

„Pass auf, Lucius!“ Petronella klammert sich mit aller Kraft an ihrem Freund fest, der mit zusammengebissenen Zähnen nach oben steuert. Doch – oje! –, Malinas herumwirbelnder Arm erwischt ihn und schleudert sie beide aus der Flugbahn.

„IIIIIHH!“, kreischt Malina. „ICH HAB IHN ANGEFASST!“ Entsetzt flüchtet sie um die Hecke herum und rennt aus dem Garten.

Petronella wirbelt durch die Luft. Der Zauberstab fällt ihr aus der Hand, und nach einem rasanten Sturz in die Tiefe landet die Apfelhexe schließlich in einem Spinnennetz unten in der Hecke. Auch ihr Zauberstab segelt herunter und fällt aufs Spinnennetz.

„Uff!", stöhnt Petronella.

Kurz darauf plumpst Lucius mit einem dumpfen Aufprall ins Gras. Das war zu viel für ihn! Nach all der Aufregung verfällt er auf der Stelle in eine käfertypische Schockstarre.

„Verflixte Distel! Lucius, wach auf!", ruft Petronella beunruhigt und versucht, ihren Zauberstab zu erreichen. Doch da ist nichts zu machen. Das Ding klebt genauso fest im Netz wie sie und ist gerade ein paar Zentimeter von ihren Fingerspitzen entfernt. Egal, wie sehr sie sich streckt.

In der Zwischenzeit sind auch Luis und Lea im Garten angekommen. Sie haben einen Korb dabei und suchen eine schöne Stelle, um ihre Hexenfreundin mit dem Picknick zu überraschen.

„Ich hätte schwören können, dass ich gerade Malinas Stimme gehört habe", meint Lea.

„War wohl nur eine Krähe oder so was“, sagt Luis achselzuckend.

Mit dem Picknickkorb schleichen sie auf Zehenspitzen zur Strickleiter, die im Apfelbaum hängt, und schauen hinauf.

Lea legt den Finger an die Lippen. „Pssst.“

Luis grinst und greift nach der magischen Leiter. Sie wollen

Petronella abholen. Bevor sie zum Apfelhaus hinaufklettern, stellen sie den Korb im Gras ab. Dann machen sie sich eilig auf den Weg nach oben. Über die magische Leiter, die Petronella in den Baum gehängt hat, werden die Zwillinge mit jeder Sprosse, die sie erklimmen, kleiner und kleiner

„ÜBERRASCHUNG!", rufen sie, als sie, oben angekommen, die Tür zum Apfelhaus aufstoßen.

Doch niemand antwortet. Mit großen Augen betrachten die beiden das Durcheinander im Raum. Alles ist gegen die Wände gerutscht, und es herrscht das reinste Chaos.

„Petronella! Lucius? Hallo?!", ruft Lea und geht zögernd ein paar Schritte in das Apfelhaus hinein. „Komisch", sagt sie dann zu ihrem Bruder. „Wo sind sie nur?"

Luis eilt zum Fenster, schnappt sich Petronellas Piratenfernrohr und schaut hinaus. „Vielleicht ist Petronella irgendwo im Garten.“ Er sucht die Wiese ab. „Aha …“, sagt er schließlich.

„Was ist?“, fragt Lea ungeduldig. „Siehst du sie?“

„Nö. Da ist nur der Mossling, der etwas gießt. Und … warte … da ist Lucius. Er schläft. Nein, er ist in der Schockstarre! Oh, oh, irgendwas muss da passiert sein … Ups!“ Das klingt gar nicht gut!

Lea, die neben ihm steht, reißt besorgt die Augen auf und versucht vergeblich etwas zu erkennen. „Was ist denn?“

„Ich sehe Petronella! Und ich glaube, sie steckt in Schwierigkeiten! Wir müssen ihr helfen!“

Nun greift auch Lea nach dem Fernrohr und schaut hindurch. Als sie die kleine Apfelhexe entdeckt, die hilflos im Spinnennetz herumzappelt, wird sie ganz blass um die Nase.

Dann taucht etwas anders in ihrem Sichtfeld auf … Und Lea zuckt erschrocken zurück.

„Was ist?“, will Luis wissen.

Nun wirft er wieder einen Blick durchs Fernrohr und schaut genau in Malinas Gesicht, das durch die Linse riesengroß wirkt. Sie hält eine Fliegenklatsche in der Hand!

„Ich wusste doch, dass ich sie gehört habe“, stöhnt Lea. „Mist. Wir müssen die Leiter hochziehen, bevor sie sie entdeckt“, fällt es Luis ein.

In Windeseile flitzen die beiden zur Tür.

Malina unten im Garten schwenkt unterdessen entschlossen die Fliegenklatsche in ihrer Hand. „Ihr Käfer, nehmt euch in Acht!“ Doch dann lenkt etwas sie ab. „Ooooh … was haben wir denn da? Leckerlecker!“

Sie hat den Picknickkorb unter dem Apfelbaum entdeckt.

„Hm … Aber wo sind Lea und Luis?“, fragt sie und schaut sich suchend um. Dann schnippt sie

mit den Fingern. „Ich weiß! Sie holen bestimmt noch mehr zu Essen. Mal sehen, was sie schon mitgebracht haben."

Malina will in den Korb schauen und macht einen großen Schritt nach vorne. Dabei bemerkt sie nicht, dass Petronella immer noch winzig klein im Spinnennetz in ihrer Nähe feststeckt.

„LUCIUS! WACH AUF!", zischt die Apfelhexe ihrem Freund zu. Doch Lucius schlummert weiter in seiner Starre vor sich hin.

Als Malina unter dem Apfelbaum ankommt, haben Lea und Luis es gerade rechtzeitig geschafft, die magische Leiter zum Apfelhaus hochzuziehen.

„Puh, Glück gehabt!“, seufzt Lea.

„Glück?!“, ruft Luis empört. „Malina hat unser Picknick gefunden. Und ich wette, gleich isst sie es uns weg!“

Von oben aus dem Baum beobachten die Zwillinge, wie Malina unten nun tatsächlich den Picknickkorb öffnet, den Kuchen heraushebt, einen Finger in die köstliche Sahne steckt und ihn abschleckt.

„Hab ich’s nicht gesagt?“, jammert Luis.

Lea zuckt mit den Schultern. „Egal. Das Wichtigste ist doch im Moment, dass wir Petronella helfen.“

„Und dass wir hinterher noch etwas zu Essen haben!“, ruft Luis. Er hat auch schon eine Idee, was sie tun können. Beherzt greift er nach einem Apfelbaumblatt, das neben der Tür hängt, und reißt es ab. Dann schwingt er sich damit in die Luft und gleitet in einer spiralförmigen Bewegung abwärts.

Lea schaut ihm verblüfft hinterher, als plötzlich Malina

unten im Garten die Picknickdecke aus dem Korb zieht und in der Luft aufschüttelt.

Ausgerechnet in diesem Moment segelt Luis herab und wird von dem Windstoß der Decke erwischt. „Aaaaahh!", schreit er, als er die Kontrolle über seine Flugbahn verliert.

Währenddessen breitet Malina die Picknickdecke seelenruhig wieder aus – und legt sie ausgerechnet über Lucius! Der Hirschkäfer verschwindet fast vollständig – nur seine Füße lugen noch unter der Decke hervor.

Immerhin hat sich Petronella so weit in Richtung ihres Zauberstabs gewunden, dass sie ihn endlich zu fassen bekommt!

„Lirum larum Apfelbrei,
Lös das Netz und mach mich frei.
Hex Höx!"

Sofort beginnen die Fäden des Spinnennetzes sich von ihr zu lösen. Zuletzt zupft sie ihren Hut aus dem Netz und setzt ihn sich auf den Kopf.

„Geschafft! Und jetzt zu Lucius." Doch gerade, als die Apfelhexe ihren Zauberstab hebt und ihrem Käferfreund zu Hilfe eilen will, kracht Luis schreiend in sie hinein.

Gemeinsam fallen der Junge und die Hexe ins Netz, noch mehr verheddert als zuvor. Petronellas Zauberstab springt aus ihren Händen – und landet im Gras. Das kann doch nicht wahr sein! „Luis!“, schimpft die kleine Hexe.

„Tut mir leid. Eigentlich wollte ich dich retten“, jammert Luis. Er versucht ein schiefes Grinsen.

Da fällt ein Schatten auf die beiden. Er gehört zu Malina, die sich auf die Decke gelegt hat und nun vergnügt vor sich hin mampft. Sie hält ihr Handy hoch und spricht hinein: „Notiz an mich: *Sonnenbaden mit Erdbeerkuchen*. Das ist ein toller Titel für irgendwas. Hoffentlich beeilen Lea und Luis sich!“

Zufrieden und satt schließt sie schließlich die Augen.

Lea hat das ganze Desaster vom Baum aus beobachtet. Nun greift sie selbst nach einem Apfelbaumblatt und segelt – um einiges eleganter als Luis – durch die Luft, hinweg über die schlummernde Malina, die lang ausgestreckt auf der Decke liegt. Der Kuchen neben ihr ist tatsächlich halb aufgegessen. Geschickt landet Lea neben Mossy, gerät im letzten Moment aber doch noch ins Stolpern und knallt auf den Boden.

„Also, ihr beiden müsst wirklich noch an euren Blattgleitkünsten arbeiten", bemerkt Petronella kopfschüttelnd und rüttelt aus Leibeskräften am Spinnennetz, doch sie steckt genauso fest wie vorher.

Lea rappelt sich auf und ruft nach dem Moosling. „Schnell, ich brauche deine Hilfe!" Sie läuft auf das Spinnennetz zu, doch der Moosling dreht plötzlich in eine andere Richtung ab.

„He, wo gehst du hin?"

Der Moosling bleibt hüpfend neben Lucius stehen, dessen Beine unter der Decke hervorragen.

„Oh, ich verstehe. Na gut, gieß ihn", lenkt Lea ein, als ihr klar wird, was der kleine Kerl vorhat.

Genau das macht der Moosling, und schon öffnet der Hirschkäfer seine Augen!

„Was ... *Sie hat mich angefasst. Sie hat mich angefasst* ... Sie ... oh ... wo bin ich?“, stammelt der Käfer und blickt sich um.

Als er erkennt, in welch brenzliger Situation er ist, schließt er sofort wieder die Augen, doch Lea ergreift seine Hand und zieht ihn unter der Decke hervor.

„Pst! Nicht so laut. Komm jetzt, Lucius, wir brauchen deine Hilfe. Sechs Hände sind besser als zwei.“

„In der Tat ...“, murmelt Lucius und folgt Lea und dem Moosling noch leicht wackelig zum Spinnennetz.

Mit vereinten Kräften ziehen und zerren die Freunde so lange an Petronella und Luis, bis beide befreit sind.

Sie purzeln durcheinander und landen in einem riesigen Haufen im Gras.

„JIPPIEH!“, jubelt Luis, und dann, mit einem nervösen Seitenblick zu Malina, noch einmal leise: „Ich meine ... jippieh.“

Malina schnarcht laut auf. Rasch schnappt Petronella sich ihren Zauberstab, der die ganze Zeit im Gras gelegen hat. Doch das Mädchen schläft weiter.

„Schaut sie euch an“, sagt Lea kopfschüttelnd. „Zuerst verdirbt sie uns die Überraschung, und jetzt liegt sie einfach nur da und schnarcht. Das ist total unfair.“

„Sie muss uns durchs Küchenfenster belauscht haben und dachte, wir hätten sie gemeint.“ Luis zieht die Augenbrauen zusammen, als ihm das merkwürdige Echo wieder einfällt, das sie in der Küche gehört haben. Das muss Malina gewesen sein!

Petronella horcht auf. „Welche Überraschung?“, fragt sie neugierig.

„Na ja“, erzählt Lea zögernd. „Wir wollten ein Picknick für dich veranstalten. Aber dann hat Malina dazwischengefunkt.“

Petronella lächelt.

„Und sie hat alles aufgegessen!“, beschwert sich Luis.

Lucius schaut die beiden enttäuschten Kinder nachdenklich an, dann räuspert er sich. „Ähm ... also, man kann ja nie wissen. Vielleicht fängt es ja plötzlich an zu regnen. Wer weiß ...? Und dann will Malina bestimmt nicht mehr hierbleiben.“

Alle schauen den Käfer an, während er den Mund zu einem verschwörerischen Grinsen verzieht.

Als ihr ein Wassertropfen mitten ins Gesicht platscht, schreckt Malina unsanft aus ihrem Schläfchen auf. Ihr Mund ist noch immer erdbeerverschmiert. PLATSCH! PLATSCH! Sie öffnet die Augen und blinzelt. Den Käfer Lucius, der mit dem Moosling im Arm über ihr in der Luft fliegt, sieht sie nicht.

Dabei ist er es, der es regnen lässt und dafür sorgt, dass Malina auch richtig viel abbekommt. Malina setzt sich auf, als ein weiterer Tropfen sie trifft.

„Oh Mann", seufzt sie. „Das ist kein Wetter nach meinem Geschmack. Zeit, sich nach drinnen zu verziehen."

Mit einem Rülpsen steht sie auf und watschelt davon.

„Super", murmelt Luis ihr hinterher. „Und vielen Dank auch für die Krümel, Malina."

Lucius und der Moosling landen neben ihm.

„Was hast du gegen Krümel?", will Petronella wissen und lächelt listig. „Wenn du mich fragst, dann schmeckt Kuchen immer gleich, egal ob man groß oder klein ist. Aber wenn man klein ist, dann ..."

„… hat man mehr davon!“, beendet Luis ihren Satz. Er blickt grinsend an sich hinab. „Also bleiben wir einfach alle klein!“

„Aber was ist, wenn Malina zurückkommt?“, wendet Lea ein.

Petronella schwenkt ihren Zauberstab. „Hm, lass mich mal überlegen … Vielleicht kann ich sie daran hindern. Vielleicht … nein … ah, ich hab's! Lirum larum Apfelkuchen … nein, Moment, nicht Kuchen, Duft! Ich hab's. Lirum larum Apfelduft, Decke flieg hoch in die Luft … Hex Höx.“

Und mitsamt den Freunden schwebt die Picknickdecke langsam nach oben, bis sie vom Blätterdach der Apfelbäume vor allen neugierigen Blicken verborgen wird.

Während sie durch die Blätter über die blühende, summende Frühlingswiese schauen, finden die Zwillinge, dass so ein Luft-Picknick eigentlich noch viel schöner ist als auf der Wiese.

„Vielleicht solltet ihr euch dafür bei Malina bedanken", schlägt Petronella lachend vor. Doch den Gedanken schieben sie alle ganz schnell beiseite und stopfen sich stattdessen Unmengen köstlicher Erdbeerkuchenkrümel in den Mund.

Papa ist geschrumpft

Es ist ein friedlicher Tag im Garten des Müllerhauses. Die Sonne scheint, und die Äpfel in Petronellas Baum glänzen um die Wette. Die Apfelmännchen machen gerade ein Nickerchen, als plötzlich ein mehrstimmiges Geschrei zu hören ist.

„Hunger! Hunger! Hunger!“

Begleitet von einem lauten Scheppern schallen die Stimmen von Lea, Luis und Petronella durch die Mittagsstille. Die drei sitzen am gedeckten Tisch im Apfelhaus und klopfen fröhlich mit ihren Gabeln auf die Tischplatte, während Hirschkäfer Lucius einen Kuchen aus dem Ofen holt.

„Den Apfelkuchen habe ich nach meinem Geheimrezept gebacken“, sagt er stolz. Schnalzend tippt er auf die Hände von Lea und Luis, die ein paar Krümel stibitzen wollen. „Pfoten weg!“ Er hebt das Messer, um den Kuchen anzuschneiden, als das Haus plötzlich heftig zu wackeln beginnt.

„Was war das?“, fragt Lea überrascht und klammert sich am Hocker fest.

Petronella Apfelmus schaut aus dem Fenster. Sie kann kaum glauben, was sie da sieht. „Verflixt und zugehext! Das ist euer Vater!“

Die Zwillinge laufen zum kleinen runden Fenster, durch das man gut in den Garten schauen kann – und tatsächlich: Da steht Herr Kuchenbrand auf einer Leiter im Apfelbaum

und reißt unsanft einen Apfel nach dem anderen von den Zweigen.

Ein paar Früchte kullern sogar zu Boden. Die Aktion hat auch die Apfelmännchen aus ihrem Mittagsschlaf aufgeschreckt, die nun schnell Reißaus nehmen.

Luis und Lea sehen bestürzt zu, wie ihr Vater Petronellas Apfelhaus oben in den Zweigen immer näher kommt.

„Gleich werden *wir* gepflückt!“, ruft Lucius besorgt und ist der Käferschockstarre nahe.

Doch so schnell lässt sich eine Apfelhexe nicht ins Bockshorn jagen. Petronella schwingt beherzt ihren Zauberstab. „Keine Angst“, beruhigt sie die anderen. Dann blitzt ein Zauberwirbel vorne aus dem Zauberstab hervor. „Lirum Larum Apfelschmaus ...“, beginnt die kleine Hexe. „Beeil dich!“, unterbricht Lucius sie mit einem hektischen Blick nach draußen. Die Hand von Herrn Kuchenbrand ist nämlich bereits bedrohlich nahe ...

„... kleingeschrumpft mein Apfelhaus!“, beendet Petronella ihren Zauberspruch.

Doch genau in den Moment verliert Herr Kuchenbrand das Gleichgewicht. Er stößt an den Ast

mit dem Apfelhaus, das dadurch noch gefährlicher ins Schwanken gerät. Alle taumeln wild durcheinander, und Petronella rutscht der Zauberstab aus der Hand. Der Zauberwirbel, mit dem sie eigentlich ihr Haus kleinzaubern wollte, entwischt dem Zauberstab, rast durchs Fenster nach draußen und trifft ausgerechnet den verdatterten Herrn Kuchenbrand. Augenblicklich beginnt er zu schrumpfen und verschwindet in der Tiefe.

Entsetzt schauen Petronella, die Zwillinge und Lucius ihm hinterher.

„Papa?", ruft Lea erschrocken.

Doch Herr Kuchenbrand ist nirgendwo zu sehen. Nun trauen sich auch die Apfelmännchen aus ihrem Versteck. Ratlos stehen sie unten am Baum und schauen sich um.

„Macht euch keine Sorgen", beruhigt Petronella die Kinder oben im Apfelhaus und schwingt sich auf ihren Besen. „Euren Papa finden wir schon! Kommt!" Schnell sitzen die Zwillinge hinter ihr auf und zischen mit der Apfelhexe aus dem Haus, während Lucius den Garten mit dem Fernrohr absucht.

Petronella, Lea und Luis landen im Gras neben den Apfelmännchen, die gerade ein Warnschild mit herabfallenden Strichmännchen malen.

„Helft ihr uns, Papa wiederzufinden?“, bittet Lea.

Rübenbach und Karottenwams nicken eifrig und wollen schon losflitzen, da prallen sie gegen Gurkenhut, der nachdenklich innehält. „Moment mal! Und was machen wir, wenn wir ihn finden? Er darf doch nichts von uns wissen.“

Petronella kratzt sich nachdenklich mit dem Zauberstab am Kopf. „Das kriegen wir schon hin. Ich lasse mir was einfallen.“ Mit diesen Worten erhebt sich die Hexe auf ihrem Besen wieder in die Luft, während die Apfelmännchen in verschiedene Richtungen ausschwärmen und die Zwillinge an einer Blume hochklettern, um Ausschau zu halten.

Kaum sind alle weg, erzittern die Grashalme neben dem Apfelbaum.

„Hallo?“, ertönt die unsichere Stimme von Herrn Kuchenbrand. „Ist da jemand?“ Der Bäckermeister bahnt sich einen Weg durchs Gras und schaut verwundert an einer riesigen Tulpe hoch. „Wo bin ich? Und was sind das für komische Bäume?“, murmelt er und blickt sich suchend um. Er betastet einen Grashalm und reißt ungläubig die Augen auf, als ihm dämmert, dass er plötzlich winzig klein geworden ist.

Hoch über ihm schaukelt ein Apfel am Apfelbaum. Herr Kuchenbrand überlegt ein Weilchen und beschließt dann, an der gleichen Blume hinaufzuklettern, die eben schon die Zwillinge hochgekraxelt sind. Er will sich erst mal einen Überblick verschaffen. Kaum hat er jedoch die erste Blüte erreicht, da gerät der Stängel ins Schwanken, und er purzelt wieder hinunter. Benommen sitzt er da, während Lea und Luis ahnungslos an der anderen Seite der Blume hinunterklettern und im Gras verschwinden. Stöhnend rappelt Herr Kuchenbrand sich auf, läuft um einen Baum herum und mustert prüfend die Rinde. Vielleicht kann er daran nach oben klettern? Doch hoppla! Er stolpert, kommt ins Straucheln und plumpst in ein Baumloch – genau in dem Moment, als Petronella vorbeikommt. Mit ihrem Zauberstab leuchtet sie in ein paar andere Baumlöcher hinein, dann zieht sie weiter und verpasst um wenige Sekunden Herrn Kuchenbrand, dessen Kopf nun wieder auftaucht.

„Na so was", murmelt der Vater der Zwillinge und krabbelt unter gewaltigen Anstrengungen wieder aus dem Loch. Er irrt umher und landet unversehens in einem Himbeerstrauch. Zu spät wird ihm klar, was das bedeutet.

„Uh! Ah! Oh!“, schreit er, hüpft durch die Dornen und pikst sich überall.

Angelockt durch sein Geschrei, kommt Petronella zurückgeflogen. Doch Herr Kuchenbrand springt mitten in ihre Flugbahn, und sie weicht erschrocken aus. Ihr Besen knallt gegen einen Blumenstängel, während Herr Kuchenbrand gegen eine Himbeere prallt. Er zieht sie unter einiger Anstrengung vom Strauch, bricht ein Stück von ihr ab und probiert mit seligem Lächeln. Doch das vergeht ihm schnell, denn entsetzt muss er feststellen, dass eine weitere Riesen-Himbeere auf ihn zurollt! Mit einem Aufschrei rennt er davon und gerät schon wieder ins Stolpern. Die Himbeere droht ihn zu überrollen, da … erhebt sie sich plötzlich und schwebt über seinem Kopf hinweg! Staunend sieht Herr Kuchenbrand, wie Petronella die Himbeere mit ihrem Zauberstab zur Seite lenkt. Dann lüpft sie ihren Hut und verbeugt sich.

„Gestatten, Petronella Apfelmus. Ich bin die Apfelhexe hier im Garten.“

Herr Kuchenbrand starrt abwechselnd sie und die Himbeere an. „Ähm …“ Er räuspert sich. „Ich träum das alles nur, stimmt's?“

Petronella stutzt kurz und lächelt verschmitzt. „Ja, ganz genau." Dann schwingt sie lachend ihren Zauberstab. „Das hier ist alles nur ein Traum! Lirum Larum Apfelbaum, Beere wird zum Blütentraum! Hex Höx!"

Auf einmal verwandelt die Himbeere sich in eine Wolke aus Blüten. Herr Kuchenbrand staunt nicht schlecht. Petronella zeigt mit ihrem Zauberstab auf den Besen, und der saust mit einem Zischen unter den Hintern von Herrn Kuchenbrand und trägt ihn in einem Bogen um die Blütenwolke herum. Doch das bringt den armen Mann völlig aus der Fassung. Panisch zerrt er am Besen herum, der prompt aus dem Gleichgewicht gerät. Kopfüber hängt Leas und Luis' Vater nun herab und beginnt zu schreien: „Uaaaaah! Hilfe!"

Der Besen fliegt mit ihm in den dichten Himbeerstrauch und ist nicht mehr zu sehen.

„Entschuldigung!“, ruft Petronella bestürzt und schaut ihm hinterher. „Äh, hallo? Herr Kuchenbrand?“

Keine Antwort. Petronella pfeift, und der Besen kommt aus dem Strauch geschossen. Ohne den Bäckermeister natürlich.

„Zerfledderter Zeckenschleim, jetzt ist er mir doch glatt entwischt“, schimpft die kleine Hexe und bahnt sich mit ihrem Zauberstab einen Weg in den Himbeerbusch. Hinter einer Himbeere kommt Herr Kuchenbrand wieder zum Vorschein, ergreift aber bei ihrem Anblick sofort die Flucht. Ziellos stürzt er durch das Gestrüpp davon und bleibt erst wieder stehen, als er Petronella abgehängt hat und sich Rübenbach, Karottenwams und Gurkenhut gegenübersieht. Die Apfelmännchen pinnen gerade Plakate mit seinem Bild an Äste und Steine. Als sie Herrn Kuchenbrand erblicken, hält Karottenwams ein Plakat neben sein Gesicht und ruft erfreut: „Das ist er! Eindeutig.“

Herr Kuchenbrand macht einen Schritt zurück. „W-w-wer seid ihr denn?“

„Apfelmännchen!", antworten die drei wie aus einem Munde und recken sich stolz.

Herr Kuchenbrand starrt sie ungläubig an und kratzt sich am Kopf. „Was man nicht so alles träumt ..."

Doch Gurkenhut lässt ihm keine Zeit, sich weiter zu wundern. „Wir haben Sie gesucht – und gefunden!", stellt er fest. „Dann können wir ja los." Er will Herrn Kuchenbrand am Arm fassen, doch der Vater der Zwillinge weicht zurück.

„Wo wollt ihr hin?" Furchtsam blickt er sich um. „Wir müssen vorsichtig sein, hier treibt sich eine böse Hexe herum. Erst tut sie ganz freundlich, aber dann hetzt sie einem ihren Zauberstab auf den Hals!"

„Pestilla?!", rufen die Apfelmännchen erschrocken. Panisch springen sie aufeinander, sodass sie wie ein langer Ast aussehen und kaum noch als Apfelmännchen zu erkennen sind. Auch Herr Kuchenbrand versteckt sich und flüstert: „Sie ist ganz leicht zu erkennen: rote Haare, grauer Hut, grünes Kleid, Zauberstab ..."

Die Apfelmännchen müssen lachen und lösen ihre Tarnung auf. „Ach, du meinst Petronella! Vor der musst du keine Angst haben", beruhigt ihn Gurkenhut.

„Genau“, sagt Rübenbach. „Die zaubert ein bisschen an dir herum, und schon ist alles wieder tipptopp. Komm mit!“

Aber der Bäckermeister scheint den Apfelmännchen nicht zu trauen und läuft schreiend davon.

„Hab ich was Falsches gesagt?“, fragt Rübenbach verunsichert. Gurkenhut und Karottenwams schütteln ratlos die Köpfe.

Herr Kuchenbrand, der nach all den verrückten Dingen, die er im Garten gerade erlebt, ziemlich durcheinander ist, rast hektisch immer weiter davon. Als er sich im Laufen umschaut, prallt er gegen ein Blütenblatt, das ihn hoch in die Luft katapultiert. Er stößt einen weiteren Schrei aus, und ehe er sich's versieht, landet er mitten auf dem Bollerwagen der Maus Hilda, die gerade auf Futtersuche ist.

Die arme Maus springt erschrocken zur Seite und muss hilflos zusehen, wie ihr Bollerwagen mitsamt Herrn Kuchenbrand sich in Bewegung setzt.

„He, Moment mal! Das ist MEIN Futter!“, beschwert Hilda sich noch, als der Wagen schon an ihr vorbeirollt und auf dem abschüssigen Gelände immer schneller wird.

Doch auch Herr Kuchenbrand kann das Gefährt nicht anhalten. Während er durch das Gelände poltert, versucht er sich selbst davon zu überzeugen, dass er endlich aufwachen muss. „Genug geträumt, Paul!“, sagt er laut und gibt sich selbst eine Ohrfeige. „Los, aufwachen! Sofort aufwachen!“

Doch nichts passiert. Er rast immer weiter und zwar direkt auf den Teich zu. „Oh oh, das ist gar nicht gut!“, murmelt er vor sich hin.

Genau in diesem Moment tauchen Luis und Lea auf dem Weg auf. In allerletzter Sekunde können sie sich mit einem Hechtsprung vor dem heranrasenden Bollerwagen retten.

„Kinder?“, ruft Herr Kuchenbrand verblüfft. „Was macht ihr denn hier?“ Dann verschwindet er zwischen den Grashalmen an der Uferböschung.

Als Lea und Luis das Teichufer erreichen, sehen sie nur noch Trümmer. Der Wagen ist gegen einen Stein gerast, und Herr Kuchenbrand wurde anscheinend hinausgeschleudert.

„Papa! Wo bist du?“, ruft Lea besorgt.

„Hier! HIER!“, hören sie seine Stimme und schauen auf den Teich hinaus. Weit draußen sitzt Herr Kuchenbrand auf dem Blatt einer kleinen Seerose. Die Kinder atmen erleichtert auf.

„Wartet, ich komme zu euch!", ruft ihr Vater und beginnt mit den Händen zu paddeln, doch er kommt nicht von der Stelle und hält schließlich keuchend inne. Die Seerose ist nämlich fest im Teichboden verankert.

„Du musst schwimmen, Papa!", erklärt Lea ihm. Herr Kuchenbrand nickt eifrig und setzt schon zum Sprung an, doch plötzlich weicht er erschrocken zurück und klammert sich an die Seerosenblüte.

„Was ist los Papa? Gibt's ein Problem?", fragt Luis irritiert.

Sein Vater zeigt aufs Wasser. „Allerdings. Das Problem kann schwimmen ..." Ein großer Fischschatten gleitet um die Seerose herum und taucht darunter hinweg. Auf einmal wird das Seerosenblatt in die Luft gehoben. Panisch hält Herr Kuchenbrand sich am Stängel der Blüte fest. „... und ich glaube, es hat Hunger!", fügte er mit zitternder Stimme hinzu.

Lea und Luis schauen sich ratlos an. Was sollen sie jetzt bloß machen?

„Der Hexennotdienst ist da!", ertönt da plötzlich Petronellas Stimme. Sie steckt ihr Fledermauslauschohr ein, das ihr den Weg gewiesen hat. „Los, aufgesessen zur Rettungsaktion!"

Erleichtert springen die Zwillinge hinter der Apfelhexe auf den Besen und sausen über den Teich auf die Seerose zu. Herr Kuchenbrand schaut ihnen entsetzt entgegen.

„Vorsicht! Das ist eine Hexe!“, ruft er und zeigt auf Petronella.

Lea und Luis lachen vergnügt. „Genau! Und unsere Freundin. Alles ok, Papa!“

„Dann zeigt mal, was ihr draufhabt!“, ermutigt Petronella sie lächelnd.

Die Zwillinge hängen sich kopfüber an den Kniekehlen nach unten und strecken die Hände aus.

„Seid ihr verrückt?“, ruft Herr Kuchenbrand, als sie auf ihn zufliegen.

„Keine Angst, Papa! Wir kriegen dich!“

Zögernd hebt ihr Vater seine Arme, doch da bringt der Fischschatten die Seerose erneut zum Schwanken. Herr Kuchenbrand verliert das Gleichgewicht und droht ins Wasser zu fallen! Da macht der Besen einen Schlenker, die Kinder packen ihren Vater fest an den Händen, und ab geht's in die Luft. Den Fischschatten lassen sie rasch hinter sich zurück, doch der Besen hat sichtlich mit dem Gewicht seiner Passagiere zu kämpfen. Er gerät ins Schlingern und sinkt immer tiefer, während ihnen vom Ufer aus schon die Apfelmännchen zujubeln.

„Na komm, alter Junge, nur noch ein paar Meter", feuert Petronella ihren Besen an. Mit letzter Kraft und nur knapp über dem Wasser schaffen sie es ans Ufer und knallen gegen einen Blumenstängel. Alle purzeln durcheinander.

„Papa, ist alles in Ordnung mit dir?", fragt Lea und beugt sich besorgt über ihren Vater.

Herr Kuchenbrand stöhnt und nickt. „Das ist kein Garten", ächzt er. „Das ist ein lebensgefährlicher Dschungel, der reinste Albtraum."

„Albtraum?", ruft Petronella entsetzt. „Oh nein, ganz und gar nicht!" Sie schwingt ihren Zauberstab, und plötzlich stehen sie alle auf dem Ast vor ihrem Apfelhaus und blicken auf den Garten hinab, der im Licht der Sonne glänzt und leuchtet.

„Das ist der schönste Ort auf der ganzen Welt!", verkündet die Apfelhexe. Lea und Luis nicken lächelnd und Herr Kuchenbrand seufzt.

„Ach ja, so gefällt mir mein Traum."

Lea und Luis schauen Petronella fragend an.

„Er denkt, er träumt das alles. Praktisch, nicht wahr?", flüstert die Apfelhexe.

Die Kinder kichern und Petronella hebt ihren Zauberstab. „Aber langsam ist es Zeit, dass er aufwacht ..."

Als Herr Kuchenbrand die Augen öffnet, lehnt er an Petronellas Apfelbaum. Neben ihm steht ein voller Korb mit Äpfeln und Lea und Luis hocken an seiner Seite.

„Oh, Kinder“, sagt er gähnend. „Ich muss wohl eingeschlafen sein.“

Lea und Luis grinsen sich an und nicken.

„Ihr werdet nicht glauben, was ich geträumt habe! Ich war winzig klein und da waren eine Hexe und so komische Typen aus Holz und ein riiiiiesiger Fisch und ihr wart auch da ...“

„Wir?“, rufen die Zwillinge mit gespielter Überraschung.

„Ja, ihr!“ Herr Kuchenbrand steht auf und nimmt den Korb. „Kommt, den Rest erzähl ich euch beim Backen ...“

Während Lea und Luis ihrem Vater in Richtung Müllerhaus folgen, blicken sie sich noch einmal um und sehen verstohlen hoch zum Apfelhaus. Dort sitzen Petronella und Lucius auf einem Ast, essen Apfelkuchen und winken ihnen fröhlich zu. Was war das für ein verrücktes Abenteuer!

Noch mehr Vorlesestunden mit

Petronella Apfelmus

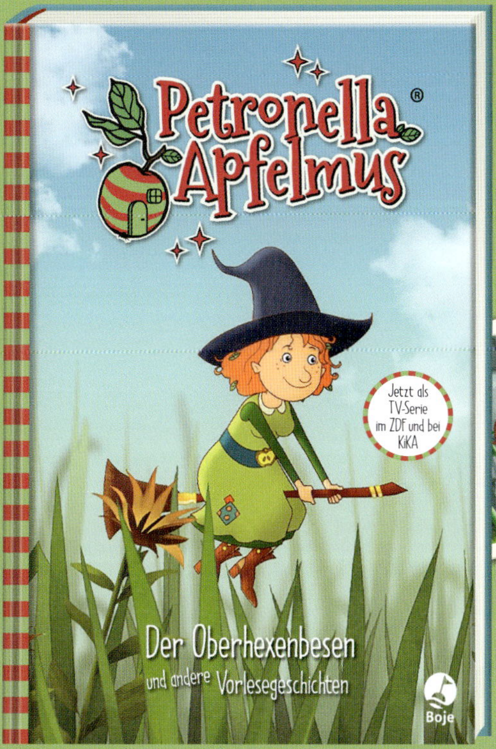

Band 2

Der Oberhexenbesen und andere Vorlesegeschichten

ISBN: 978-3-414-82589-6

80 Seiten

€ 12,90 [D] / € 13,30 [A] / sFr 16,90

Mit vielen bunten Bildern aus der TV-Serie

Apfelhexe Petronella erlebt nun auch im Fernsehen aufregende Abenteuer! Parallel zur Animationsserie bei KiKA gibt es Vorlesebücher, in denen die schönsten TV-Episoden noch einmal nacherzählt werden. In jedem Buch finden sich drei Geschichten und viele bunte Bilder aus der Serie. Für alle kleinen Fans ab 5 Jahren.